# Analyse d'œuvre

Rédigée par Julie Pihard

# L'Étranger

d'Albert Camus

Profil Littéraire

# ALBERT CAMUS

- Né le 7 novembre 1913 à Mondovi (Algérie).
- Mort le 4 janvier 1960 à Villeblevin (France).
- **Quelques-unes de ses œuvres :**
  - *Caligula* (pièce de théâtre, 1945)
  - *La Peste* (roman, 1947)
  - *Les Justes* (pièce de théâtre, 1949)

Albert Camus : un homme à la fois passionné, idéaliste et révolté. S'il consacre toute son œuvre à mettre en évidence l'absurdité de l'existence, il se différencie toutefois des existentialistes par son profond amour de la vie. Attiré très tôt par le théâtre, ce sont pourtant ses romans qui lui assurent renommée et succès, de *L'Étranger* (1942) à *La Chute* (1956) en passant par *La Peste*, et qui lui valent d'entrer dans le cercle très fermé des prix Nobel de littérature.

On l'admire « pour son importante œuvre littéraire qui met en lumière, avec un sérieux pénétrant, les problèmes qui se posent de nos jours à la conscience des hommes » (TRUC (Olivier), « Et Camus obtint enfin le prix Nobel », in *Le Monde*, le 27 décembre 2008). Car, en effet, s'il est un écrivain engagé qui se préoccupe constamment de l'actualité, Albert Camus transcende cependant sa volonté de témoigner par son style hors mode et par la simplicité avec laquelle il parle des choses les plus graves et les plus hautes. Philosophe autant qu'écrivain, il impose une manière de penser qui fait de nombreux émules, et livre des œuvres frappantes de netteté et de justesse, qui sonnent en son temps comme une note parfaite d'équilibre moral dans un monde en proie au chaos.

# *L'ÉTRANGER*

- **Genre :** roman.
- **1ʳᵉ édition :** *L'Étranger*, Paris, Gallimard, coll. « Blanche », 1942.
- **Édition de référence :** *L'Étranger*, Paris, Gallimard, coll. « Folio », 1971.
- **Principaux personnages :**
  - Meursault, le personnage principal.
  - Marie Cardona, la petite amie de Meursault.
  - Raymond Sintès, le voisin de Meursault, névralgique.
- **Thématiques principales :** l'absurdité de la vie ; le bonheur, la vie et la mort ; la justice et la vérité ; la révolte contre la société.

*L'Étranger*, publié en 1942, est sans conteste l'une des œuvres majeures du XXᵉ siècle, mais également l'une des plus troublantes. En cause, la singularité de son personnage principal, l'originalité de son style, détaché et neutre, et ses thèmes, forts et dérangeants : la vie comme successions de hasards, la fatalité, la lutte pour la vérité, la révolte contre la société ou encore la justice pervertie. Dans cet ouvrage, Camus jette les bases de sa philosophie de l'absurde, qu'il développe de manière théorique dans *Le Mythe de Sisyphe*, qui paraît la même année.

Publié alors que la Seconde Guerre mondiale (1939-1945) fait rage, le roman est accueilli comme un soulagement par toute une génération de jeunes désillusionnés qui se reconnaissent dans la philosophie de Camus. Mais si l'œuvre est célébrée par le grand public, elle est décriée par la critique pour son désengagement moral et son apparente simplicité stylistique. Ce n'est que plus tard que son succès devient universel et que les intellectuels reconnaissent sa grande valeur littéraire et morale, la hissant au rang de classique.

# LA VIE D'ALBERT CAMUS

Photo d'Albert Camus prise en 1957.

## UNE ENFANCE ALGÉRIENNE

Le père d'Albert Camus, Lucien Auguste (1885-1914), descendant d'une vieille famille d'origine alsacienne qui s'est installée en Algérie à la fin du XIX$^e$ siècle, est un ouvrier caviste agricole vivant à Alger avec sa femme d'origine majorquine, Catherine Hélène Sintès (1882-1960), et leurs deux fils, Lucien Jean Étienne (né en 1911) et le futur écrivain. Celui-ci, qui a vu le jour le 7 novembre 1913, perd son père alors qu'il n'a pas un an : Lucien Auguste est tué par un éclat d'obus lors de la bataille de la Marne. La famille déménage alors chez les parents de Catherine, dans le quartier populaire de Belcourt. On dit que c'est la pauvreté, l'analphabétisme ambiant et le silence de cette mère partiellement sourde et illettrée qui pousse Camus vers l'écriture.

En 1930, le futur romancier, qui vient d'obtenir une bourse d'étude, est élève au collège d'Alger. C'est là qu'il rencontre Jean Grenier (philosophe et écrivain français, 1898-1971), qui est alors son professeur et qui deviendra rapidement son ami. Grâce à lui, Camus découvre la philosophie et commence à lire les œuvres d'auteurs tels qu'André Gide (1869-1951) et André Malraux (1901-1976) ou de philosophes comme Blaise Pascal (1623-1662) et Søren Kierkegaard (1813-1855). Il se lance également dans le football, mais, à la fin de l'année, on lui diagnostique une tuberculose qui signe la fin de ses loisirs sportifs et inaugure le début de son inspiration philosophique. Le jeune Camus se découvre mortel et solitaire. Optant pour des études poussées de littérature et de philosophie, il se passionne pour le théâtre et conti- nue à lire énormément, notamment Fedor Dostoïevski (1821-1881), Friedrich Nietzsche (1844-1900) et Franz Kafka (1883-1924).

## L'HEURE DES PREMIERS ENGAGEMENTS

Vers le milieu des années trente, Camus adhère à différents mouve- ments contre le fascisme et en faveur de la paix, et lutte activement pour la consécration de la culture populaire. Il milite également pour le Parti communiste algérien et fonde le Théâtre du travail, au sein duquel il est à la fois acteur, auteur, metteur en scène et adaptateur : c'est le début de son activité littéraire. En parallèle, il exerce diffé- rents métiers, dont celui de journaliste qui devient rapidement une vocation. Il poursuit néanmoins ses travaux philosophiques et obtient son diplôme de l'université d'Alger en 1936. L'année suivante, il publie *L'Envers et l'Endroit*, un recueil d'essais traitant du quartier dans lequel il a vécu, et intègre un journal républicain après avoir rompu avec le Parti communiste. Sa deuxième publication, *Noces* (1938), préfigure *L'Étranger* par sa poésie du décor et son lyrisme mystique : on y découvre un Camus amoureux de la terre, de la chaleur, de la richesse linguistique et de la sensualité charnelle ; bref, un vrai Méditerranéen.

En 1940, il quitte son pays d'origine pour s'installer à Paris, où il travaille pour *Paris-Soir*. L'écrivain veut s'engager, mais sa santé fragile l'en empêche. Il voyage néanmoins à Lyon et à Oran, et entre dans la Résistance. C'est à cette époque que ses théories sur l'absurde, encore balbutiantes, évoluent vers quelque chose qui tient plutôt de l'humanisme et de la révolte. C'est précisément cette nouvelle philosophie qui fera son succès populaire, elle qui touche les jeunes marqués par la guerre. En 1942, la parution de *L'Étranger*, son premier grand roman, le révèle au public et le hisse sur le devant de la scène littéraire. À partir de 1943, il est lecteur chez Gallimard, où il rencontre beaucoup d'auteurs renommés, et crée de manière anonyme le périodique *Le Combat*, dont la devise, polémique, est « De la Résistance à la Révolution », en collaboration avec l'écrivain Pascal Pia (1903-1979). Même s'il est souvent taxé de patriotisme aveugle et angoissé, Camus se révèle pourtant un homme lucide et idéaliste, qui lutte pour ses valeurs et ses idées de manière démocratique.

## VERS UNE PHILOSOPHIE POSITIVE

Sa première pièce, *Le Malentendu*, est jouée en 1944 et, avec *Caligula* publiée l'année suivante, vient clore son cycle de l'absurde, déjà composé de *L'Étranger* et du *Mythe de Sisyphe*. À cette époque, il rencontre Jean-Paul Sartre (1905-1980), avec qui il semble fait pour s'entendre. Étant tous deux de brillants romanciers et dramaturges ainsi que des intellectuels militants croyant en la révolte et la contestation, c'est tout naturellement qu'ils se rapprochent. Ils connaissent une amitié intense et pleine de tensions : ils collaborent à certains projets, mais, si leurs cercles de pensée se croisent, ils ne se supportent pas et, très vite, des divergences (notamment politiques) se font ressentir. Après avoir voyagé en Amérique du Nord en 1946, Camus s'installe à nouveau à Paris l'année suivante. Il rompra progressivement avec Sartre et ses collaborateurs de la revue *Les Temps modernes*. Cette rupture marque définitivement son rejet de l'existentialisme, philosophie de solitude et de négation de la vie, ainsi que l'élaboration de sa propre philosophie, tournée vers l'amour de l'existence et la croyance en la solidarité humaine.

Cette réorientation se concrétise en 1947 avec la parution de *La Peste*, qui inaugure un nouveau cycle, celui de la révolte. Couronnée du Prix des critiques la même année puis du prix Nobel en 1957, cette œuvre connaît un véritable triomphe. Au lieu de prôner l'abandon ou le désespoir, elle recommande la solidarité et le mouvement comme armes contre la fatalité. Celle-ci prend ici la forme d'un fléau nommé la peste brune, qui évoque métaphoriquement l'immonde guerre dont l'Europe vient tout juste de se sortir. Font également partie du cycle de la révolte, après *La Peste*, les pièces *L'État de siège* (1948) et *Les Justes* (1949), ainsi que l'essai *L'Homme révolté* (1951). Toutes ces œuvres évoquent des questions d'actualité, mais celles-ci sont toujours transcendées par une mission beaucoup plus noble, à savoir la mise en évidence des armes qui permettent de s'opposer au destin.

## CAMUS ET LA GUERRE D'ALGÉRIE

Une déchirure s'opère dans la vie de l'auteur quand, en 1954, éclate la guerre d'Algérie. Il vit cet événement comme une tragédie personnelle et supporte très mal la situation. En 1956, il tente de lancer un appel à la trêve, en vain. Camus se heurte à un mur d'incompréhension et de mépris : il est taxé de traîtrise aussi bien du côté français qu'algérien, et ses valeurs humanistes semblent sonner creux au milieu de cette guerre de terreur et de répression. La même année, il publie *La Chute*, un roman sombre et déshumanisé qui évoque la désillusion et le désespoir d'un homme face à la perversité du monde. Un an plus tard paraît *L'Exil et le Royaume*, un recueil de six nouvelles basées sur des thèmes qui lui sont chers (la solidarité, la fraternité, l'espoir, etc.) et qui orientent sa philosophie vers un idéal de mesure et d'amour face à l'adversité. Il s'agit de la dernière œuvre littéraire à être publiée de son vivant. Le 4 janvier 1960, alors que Camus rentre à Paris après avoir passé le réveillon à la campagne en compagnie de son ami, l'éditeur Michel Gallimard (1917-1960), il décède brutalement dans un accident de voiture. Cette mort pose un dramatique et majestueux point final à la vie et à l'œuvre de cet homme sincère et tourmenté qui a dédié son existence à s'engager pour les causes les plus nobles et qui, malgré les critiques, a toujours défendu l'amour et l'espoir.

## CAMUS ET LES FEMMES

Camus est également connu pour être un amoureux des femmes. Éduqué par une grand-mère autoritaire et une mère silencieuse, il compense le manque d'attention dont il a souffert, enfant, par deux mariages et de multiples liaisons. Sa première vraie rencontre, après les comédiennes fréquentées lors des répétitions au Théâtre du travail puis à Paris, c'est Simone Hié, qu'il épouse en 1934. Malheureusement, celle-ci tombe dans la drogue et se révèle, en outre, infidèle. Camus la quitte en 1936, puis fait la connaissance de Christiane Galindo, avec laquelle il entretient une relation à la fois amoureuse et littéraire. Mais, bientôt, il rencontre Francine Faure (1914-1979), une mathématicienne et pianiste de talent, qui deviendra la mère de ses deux enfants. Ils se marient en 1940, et la jeune femme accouche de jumeaux, Catherine et Jean, en 1945. Toutefois, malgré le coup de foudre qui l'a poussé dans les bras de Francine, Camus est indifférent aux obligations du mariage et la trompe à de nombreuses reprises, notamment avec la célèbre comédienne Maria Casarès (1922-1996), rencontrée en 1944 et qu'il ne quittera jamais vraiment. Sa femme en devient malade et sombre dans la dépression. Après la mort de son époux, elle est d'ailleurs internée dans un hôpital où elle finit par mettre fin à ses jours. La dernière femme de la vie de l'auteur, c'est évidemment Catherine, sa fille et son ayant droit. C'est elle qui, en 1994, publie sans aucune correction *Le Premier Homme*, roman écrit de la plume de son père et retrouvé dans le coffre de la voiture qui lui servit de tombeau.

# RÉSUMÉ DE *L'ÉTRANGER*

Premier roman publié par Albert Camus, *L'Étranger* est également celui qui le fait connaître. Il s'agit de la version définitive de *La Mort heureuse*, récit ébauché en 1938 et qui sera publié de manière incomplète en 1971. *L'Étranger* est un roman court, mais néanmoins singulier, dans la mesure où il illustre les idées philosophiques de l'auteur, développées de manière théorique la même année dans *Le Mythe de Sisyphe*.

## UN HOMME DÉTACHÉ DE TOUT

L'action prend place à Alger, dans les années trente, à l'époque où l'Algérie est encore un département français. Le livre est divisé en deux parties sensiblement différentes, aussi bien sur le plan formel que sur le fond, et séparées par le récit d'un meurtre « de circonstance » commis par le narrateur. L'incipit, devenu célèbre, donne d'emblée le ton : « Aujourd'hui, maman est morte. Ou peut-être hier, je ne sais pas. » (p. 9)

Dans les pages précédant le crime, le lecteur apprend à mieux connaître le narrateur, un Algérien nommé Meursault. Celui-ci nous parle de manière détachée de son quotidien, de la relation qu'il entretient avec ses voisins, de ses mornes journées de travail et de son désœuvrement. Il tente d'analyser sa vie, mais sans faire mention du moindre sentiment. Apparemment insensible, il réagit sans vague au décès de sa mère et assiste à son enterrement, à l'hospice où elle résidait, sans laisser transparaître aucune émotion. Il réagit avec le même détachement, plus tard, lorsqu'on lui annonce une promotion, quand sa nouvelle compagne, Maria Cardona, lui propose de l'épouser, ou encore lorsqu'il explique que l'un de ses voisins, le vieux Salamano, bat son chien depuis des années.

# LE POINT DE NON-RETOUR

En somme, Meursault semble vivre sa vie de l'extérieur. C'est l'un de ses amis, Raymond Sintès, un autre de ses voisins, qui le mène peu à peu vers le crime et, par conséquent, en prison en l'entraînant dans une sombre histoire de proxénétisme et de vengeance : ayant dénigré et battu une des femmes qu'il entretient et qu'il soupçonne de tromperie, Raymond demande à Meursault de rédiger une lettre à l'attention de celle-ci, puis, plus tard, d'attester de sa bonne foi et de sa moralité devant les policiers, deux services dont Meursault s'acquitte sans trop poser de questions.

Toutefois, l'affaire ne s'arrête pas là : Sintès est poursuivi par le frère de sa maîtresse, dont il s'est attiré les foudres. Ce dernier le tourmente même durant les escapades dominicales que Sintès entreprend avec le narrateur. Lorsque enfin une bagarre éclate, un jour de promenade, Meursault évite l'affrontement, mais prend le revolver de son ami, blessé au visage, pour pouvoir se défendre en cas de nécessité. C'est alors que, par une malheureuse succession de hasards, l'impensable se produit : se retrouvant confronté à un Arabe armé qui semble l'attendre, aveuglé par le soleil et accablé par la chaleur, Meursault tire et s'acharne sur le cadavre de sa victime.

## EN CHEMIN VERS LA COLÈRE ET LA RÉVOLTE

Entre le crime et la sentence mortelle qui attend Meursault à la fin du récit, plusieurs événements adviennent, toujours décrits par le narrateur avec la même indifférence : son procès, ses rencontres avec le juge et avec l'avocat, sa vie en prison ou encore les visites de Maria. Néanmoins, un changement s'opère : le narrateur semble en effet ne plus se concentrer uniquement sur le présent et sur ses sensations, mais prend désormais en compte son passé et sa mémoire. C'est à ce moment que le roman prend une tournure engagée : face à un simulacre de procès qui semble vouloir le faire condamner en lieu et place du hasard, Meursault prône la vérité. Pas de repentir chrétien ou de mensonge de quelque sorte au programme pour lui, malgré l'insistance des représentants de la justice à qui il a affaire. Il livre la vérité, la vraie, décrivant la situation telle qu'il l'a vécue et telle qu'elle s'est déroulée.

Il réfléchit également à sa privation de liberté ainsi qu'à la présomption d'innocence à laquelle il semble ne pas avoir droit et, ce faisant, aux travers de la société dans laquelle il évolue. C'est alors qu'il commence à prendre réellement conscience de sa différence et qu'inconsciemment il court vers la révolte intérieure qui le secoue au dernier chapitre. Visité par l'aumônier après avoir été condamné à la peine capitale, Meursault s'exprime pour la première fois avec son cœur et crie sa colère, sa révolte et sa passion pour la vie. Contre toute attente, il trouve enfin un bonheur invraisemblable dans l'absurde de la décision judiciaire : l'acceptation de la mort le libère et lui permet de pouvoir profiter de ses derniers moments.

# L'ŒUVRE EN CONTEXTE

## UN SIÈCLE MARQUÉ PAR LA GUERRE

En histoire comme en littérature, les années trente et quarante sont une époque charnière. La Première Guerre mondiale (1914-1918) vient juste de se terminer, avec un bilan final de neuf millions de morts et près de vingt millions de blessés dans le monde entier. Les populations, profondément ébranlées et affaiblies, entendent désormais bien profiter de la vie. Toutefois, l'euphorie et le soulagement sont de courte durée, car la crise économique de 1929, couplée à la montée des totalitarismes dans divers pays d'Europe (Allemagne, Italie, Espagne) et en URSS, replonge le Vieux Continent dans la tourmente.

| Invasion de la Pologne.

Le 1ᵉʳ septembre 1939, l'Allemagne – dont l'esprit de revanche est attisé par le souvenir de l'effondrement et de la restructuration de son empire au terme de la Grande Guerre – envahit la Pologne. En réaction, deux jours plus tard, la France et le Royaume-Uni lui déclarent officiellement la guerre et, à nouveau, le conflit prend une dimension mondiale : rapidement, le Japon se range aux côtés de l'Allemagne, tandis que les États-Unis et l'URSS se positionnent du côté des Alliés. En outre, aux combats s'ajoute cette fois le crime de masse, organisé par l'Allemagne dans les camps de concentration et de travail nazis, à l'encontre des Juifs, des Tziganes et d'autres minorités. Au total, la Seconde Guerre mondiale fait entre 50 et 70 millions de morts.

## L'ORGANISATION DE LA RÉSISTANCE

Dès le début de la guerre et durant les six années que dure le conflit, la France est divisée par l'arrivée de l'envahisseur allemand. Passés les premiers moments de terreur et de désespoir, les Français se voient dans l'obligation de choisir un camp : soit ils sont avec l'envahisseur, soit contre lui. Le maréchal Philippe Pétain (1856-1951), responsable du gouvernement français durant l'Occupation, instaure une politique de collaboration avec les Allemands : il promeut des lois antisémites, encourage la dénonciation ainsi que l'arrestation des résistants et opposants au régime, et fournit un soutien inébranlable à l'ennemi.

Charles de Gaulle s'adressant à la foule.

Néanmoins, de nombreuses associations de résistance voient le jour sous l'impulsion du général Charles de Gaulle (1890-1970) qui, depuis Londres, appelle les Français à se mobiliser contre l'ennemi. Fruits d'initiatives individuelles ou d'organisations collectives, ces associations tentent de contrecarrer les plans de l'envahisseur, à plus ou moins grande échelle et, la plupart du temps, dans l'ombre et la clandestinité. Les résistants sont des hommes et des femmes qui, comme Camus, n'ont pas été envoyés au combat et n'ont pas pu participer de manière directe à la guerre. Il n'empêche qu'ils contribuent tout aussi sûrement, grâce à leurs missions de sabotage, de contre-espionnage ou encore en protégeant les Juifs, à frayer le chemin qui conduira les Alliés vers la victoire et vers la capitulation du IIIe Reich le 8 mai 1945.

# LES COLONIES : UN ENJEU MAJEUR DU XX<sup>e</sup> SIÈCLE

Si les deux conflits qui secouent la première moitié du XX<sup>e</sup> siècle prennent une telle ampleur géographique, c'est notamment à cause de l'existence des colonies. En effet, de nombreux pays européens ont encore la mainmise sur des terres étrangères dont les peuples combattent sous leurs couleurs contre d'autres colonies dépendant d'États européens ennemis. C'est notamment le cas de l'Algérie, le pays d'origine d'Albert Camus et qui constitue également le cadre de *L'Étranger* : colonisé par la France depuis 1830 pour des raisons économiques, le pays vit les deux guerres mondiales au diapason de la France et subit l'occupation allemande et italienne. Comme dans la métropole, une opposition se fait rapidement jour entre résistants et collaborateurs.

Au lendemain de la guerre, en mai 1945, un défilé organisé à Sétif, en Algérie, pour fêter la victoire alliée tourne au désastre à cause d'un groupe de nationalistes qui entend bien profiter de ce grand rassemblement pour faire circuler leurs revendications. Suite à la mort d'une centaine de Français, l'armée se livre à une répression particulièrement violente qui fait des milliers de victimes. Mais les troubles ne s'arrêtent pas là : le 1<sup>er</sup> novembre 1954, le Front de libération nationale commet plusieurs attentats qui signent le début de la guerre d'Algérie, opposant le pays à ses colons dans le but d'obtenir l'indépendance. Cette guerre, d'une extrême violence, se conclut sur la proclamation de l'indépendance de l'Algérie le 3 juillet 1962.

## UNE LITTÉRATURE DE CIRCONSTANCE

Dans un tel contexte, nul doute que la littérature, comme la culture en général, connaisse un revirement : on y cherche, selon les cas, une explication, une échappatoire ou une solution. Elle se fait, plus que jamais, le support d'un engagement : elle collabore chez les uns, elle résiste chez les autres, mais elle est toujours portée par un combat politique. Elle donne alors naissance, ou plutôt met en lumière, une génération d'auteurs forts qui osent prendre position et assument leurs responsabilités face aux événements en cours : c'est le cas notamment d'André Gide, de Jean-Paul Sartre, d'André Malraux, de Samuel Beckett (1906-1989), ou encore de Charles Bertin (1919-2002).

En marge de la littérature et de l'histoire, la philosophie, et notamment la métaphysique, se trouve également bouleversée par les deux guerres mondiales et par le succès des régimes totalitaires. Émergent en effet, dès la fin des années trente, des questionnements nouveaux, traitant de l'absurdité de l'existence, de l'angoisse du néant ou de l'incongruité de la justice. Ces problématiques résolument modernes, qui trouvent dans les affres contemporaines une actualisation historique de toute une série de notions jusque-là restées théoriques, seront abondamment abordées dans la littérature des années suivantes. La Shoah, véritable expérience d'horreur, poussera ces réflexions à leur paroxysme.

# ANALYSE DES PERSONNAGES

Trait caractéristique du style camusien, l'économie des moyens s'applique également aux personnages de *L'Étranger*. Peu nombreux et la plupart du temps juste esquissés, ces derniers le sont néanmoins d'un trait net et assuré, ce qui leur confère cohérence, épaisseur et force de caractère. Toutefois, la prépondérance de Meursault a, en quelque sorte, pour effet de réduire les autres personnages au rang d'accessoires, uniquement chargés de porter le protagoniste principal jusqu'au dénouement final.

## MEURSAULT

Véritable héros – ou plutôt, antihéros insolite – de l'histoire, Meursault a une personnalité qui, sous couvert de simplicité et d'insensibilité, se révèle en réalité très complexe. Il semble vivre son existence non pas de l'intérieur, à travers le prisme de sa conscience, mais plutôt extérieurement, par le biais de ses cinq sens. Dénué d'imagination, il n'attend rien de la vie, possède une vision hyperlucide du monde et ne s'embarrasse pas des sentiments, se montrant complètement étranger à l'amour, au chagrin ou à la peur. Dans un premier temps, il ne comprend pas qu'il est différent, même s'il est conscient de son insensibilité (« Cependant, je lui ai expliqué que j'avais une nature telle que mes besoins physiques dérangeaient souvent mes sentiments. », p. 100).

Étranger à lui-même, étranger aux autres, étranger à la société et à ses normes, voilà son fardeau. Mais si ses émotions sont ignorées, voire absentes, il a en revanche une très grande conscience de ses besoins physiologiques. Il se révèle extrêmement présent au monde et à la nature, à tel point que la faim, la soif, la fatigue et la chaleur sont des facteurs décisifs qui le mènent au meurtre. La vie tangible est en effet sa seule certitude et, à ses yeux, la seule possibilité de bonheur, du moins jusqu'à cet acte fatal.

Mais la seconde moitié du roman dévoile l'évolution du personnage : alors qu'il était jusque-là détaché, insensible et ignorant, le meurtre, et surtout le procès qui s'ensuit, l'amènent peu à peu à comprendre sa différence. Et cette découverte le fait souffrir, car on insiste sur ses torts sans lui révéler aucune alternative de bonheur. Il cherche alors une porte de sortie dans sa mémoire et, avec autant de force que de volonté, se retranche derrière sa dernière conviction : la vérité. Il accepte même de mourir pour celle-ci, faisant ainsi un beau pied de nez aux pions de son procès qui pensaient le punir dans cette sentence. Ce verdict lui permet d'accéder à la lucidité tant espérée : après l'annonce de sa mort prochaine, il comprend enfin que son véritable bonheur est justement d'être présent au présent, aux éléments et au monde. Il fait alors pleinement l'expérience de l'absolu et de l'existence pure, dénuée de sentiments et de jugements, et atteint enfin la plénitude.

## LES AUTRES PERSONNAGES

Parmi les autres personnages, on trouve :

- **Maman**, la mère de Meursault, est le point de départ du récit, sans être pour autant un personnage à part entière étant donné que le roman s'ouvre sur sa mort. Elle a été placée par son fils dans un asile, car ce dernier n'arrivait plus à l'assumer. Son comportement insensible durant la veillée mortuaire et son enterrement constitueront des preuves de sa culpabilité lors de son jugement pour meurtre ;

- **Maria Cardona** est la compagne de Meursault avec qui il passe beaucoup de temps. Elle est dotée d'un caractère enjoué et positif qui contraste nettement avec celui de son amant. Aussi exprime-t-elle aisément ses sentiments, mettant ainsi involontairement en lumière le néant émotif de Meursault et son absence d'engagement. Notons également qu'elle est la seule à venir le voir en prison et à continuer à croire en lui ;

- **Raymond Sintès** est l'un des voisins de Meursault. C'est lui qui le mène à sa perte. Manipulateur exerçant un métier douteux (il « vit des femmes », p. 45), il est aussi passablement violent, et fait appel à Meursault pour accréditer ses faits et gestes et le tirer des mauvaises passes. Bien que ce soit lui qui déclenche le conflit opposant Meursault à sa victime, il semble n'éprouver aucun remords ;

- **Salamano**, le voisin direct de Meursault, est présenté comme un homme violent qui n'a de cesse de battre son chien, mais qui éprouve quand même de la tristesse lorsque celui-ci vient à disparaître. Il est persuadé que, malgré les apparences, Meursault aimait sa mère ;

- **le concierge et le directeur**, qui sont respectivement le gardien et le gérant de l'asile où Meursault a placé sa mère. Ils n'apparaissent qu'au début de l'ouvrage ;

- **Thomas Pérez** est l'un des résidents de l'asile et une connaissance de la mère du héros. Il aurait peut-être eu une aventure avec celle-ci ;

- **Emmanuel** est un collègue de travail de Meursault, qu'on n'aperçoit que peu dans le roman et qui joue un rôle de figurant ;

- **Céleste** est restaurateur et ami de Meursault. Il ne cessera jamais de défendre ce dernier, même lors du procès ;

- **Masson** est une connaissance de Raymond chez qui les deux amis passeront la fameuse journée à la plage où aura lieu le meurtre. Très peu décrit, on sait juste qu'il est marié et qu'il fait affaire avec Sintès ;

- **le groupe d'Arabes**, dont fait partie le frère de l'ex-maîtresse de Raymond. Ce sont eux qui suivent ce dernier ainsi que Meursault plusieurs fois lors de leurs déplacements, avant de finalement les affronter sur la plage ;
- **le juge d'instruction** est un catholique convaincu qui essaie de prêcher la bonne parole auprès de Meursault, en vain. Il questionne ce dernier à plusieurs reprises au sujet de ses croyances et de sa culpabilité, mais il se heurte à l'indifférence du protagoniste, ce qui lui fait perdre son calme. La partialité n'étant pas son fort, il participe à la parodie de procès que livre Camus dans le roman ;
- **l'avocat de Meursault**, qui semble construire sa défense en se souciant peu de faire participer son client, ne comprend pas celui-ci et tente de lui faire la morale. Partisan des belles paroles plutôt que des hauts faits, il est également l'un des pions du simulacre de procès mis en place par l'auteur ;
- **l'aumônier** est celui qui vient recueillir les dernières volontés de Meursault. Il est le réceptacle de la transformation du héros et est le seul personnage qui assiste à sa prise de conscience finale.

# ANALYSE DES THÉMATIQUES

Derrière une écriture d'apparence simple – voire simpliste – se cachent le traitement de thématiques complexes et une tentative de réponse à des questionnements métaphysiques et philosophiques profonds. Nettement influencé par des auteurs et penseurs tels que Kafka et Sartre, Camus met en pratique dans ce roman les bases de sa philosophie aux accents néo-stoïcistes : l'absurde.

## L'ABSURDITÉ DE LA VIE

La génération à laquelle appartient Camus est une génération de désillusionnés. Trop de guerres, de violence, de mauvais hasards, d'injustices et de désenchantements l'ont menée à s'interroger sur le sens profond de la vie, questionnements qui sont repris par les écrivains de l'époque. C'est ainsi que se développe, notamment avec Sartre, un mouvement nihiliste nommé l'existentialisme. Chaque œuvre qui s'y rattache est sous-tendue par une réflexion sur le sens et le goût de l'existence, et présente une grande tendance à la négativité et au désespoir. Camus s'en approche tout d'abord, lorsqu'il fait la connaissance de son chef de file, mais il s'en détache très vite, car, si sa base de réflexion est identique à la leur, de même que l'angoisse qui en découle, son optique, franchement positive, pleine d'espoir et tournée vers une forme de dépassement, est en tout point opposée aux idées existentialistes. De cette pensée naît l'absurde, une philosophie de la vie aspirant à la beauté, à la paix et à la justice qu'il développe en 1942 dans *Le Mythe de Sisyphe* et qu'il met en pratique dans ses romans.

L'idée de l'absurde sous-tend *L'Étranger* dans sa globalité. Deux questions initiales et originales sont à la base de la réflexion de Camus : « La vie vaut-elle la peine d'être vécue ? » et « Quels sont mes rapports avec le monde et avec le destin ? ». Ce roman, construit comme une quête d'absolu et de vérité, place donc son personnage principal face à l'inanité de l'existence, révélée par la perspective de la mort : si nous sommes tous destinés à mourir, pourquoi sommes-nous là ?

Dans ce roman, Meursault est donc confronté à l'absurde de plus d'une manière : face à la succession invariable des heures, des jours et des hasards, il subit sa vie sans motivation ni conviction, et les jours s'égrènent sans qu'il y prenne vraiment part. Dénué des réactions et des sentiments jugés « normaux » par ses pairs, il ne parvient pas à trouver sa place dans une société à laquelle il ne peut s'adapter. En découle son indifférence vis-à-vis de toutes les expériences singulières de la vie : la mort – qui pour lui n'est que la suite directe de la vie –, l'amitié et l'amour – le choix entre les deux ne relève, pour Meursault, que d'un choix dénué de sentiment, d'un statut –, Dieu, la violence, la maladie ou encore l'éloignement. Plus encore, il va jusqu'à nier la singularité des êtres : pour lui, nous nous ressemblons tous et une vie en vaut une autre.

Néanmoins, si cette indifférence peut sembler inéluctable, jamais le protagoniste ne perd l'espoir de trouver un sens à sa vie ni ne renonce à ses convictions par désespoir. Et c'est précisément par cette voie qu'il atteint le bonheur et parvient à dépasser l'absurdité de sa vie. Selon Camus, c'est en faisant le choix de se dresser contre les valeurs factices de la société moderne (le mensonge, la fuite, l'argent ou la violence par exemple), quitte à prendre une décision absurde qui nous condamne, que l'on parvient à surmonter l'absurdité propre du destin. L'acception de notre décision nous permet ainsi de trouver la voie d'accès à l'autonomie, à la suprématie et au bonheur moral.

## LE BONHEUR, LA VIE ET LA MORT

Dans *L'Étranger*, Camus s'attache également à des questionnements existentiels sur des notions telles que la vie, la mort, le bonheur et le destin. Il semble important de préciser que tous ces thèmes sont ici envisagés en dehors de toute idéologie chrétienne ou religieuse, et se rattachent davantage à un athéisme que l'on pourrait qualifier de moderne. La vie et la mort sont donc considérées dans leur pure essence physique et métaphysique, et non pas comme relevant de la volonté d'un quelconque Dieu. De même, le destin n'est pas perçu par l'auteur comme le déferlement d'un être tout-puissant (qu'il soit cruel et en contradiction complète avec l'homme ou qu'au contraire il tente de protéger ce dernier et de le prendre sous son aile), mais plutôt comme une pure succession de hasards, un enchaî-nement d'événements dont nul n'est la cause.

En outre, au beau milieu de ces réflexions et questionnements méta-physiques et philosophiques sur le sens profond de l'existence, Camus pose une autre question d'envergure : celle du bonheur. Or, dans le contexte guerrier actuel, le thème n'est pas simple à traiter. Néanmoins, Camus continue à défendre bec et ongles ces valeurs, et les met discrètement en scène dans son ouvrage, de différentes manières. Ainsi, dans la première partie du roman, Meursault se dévoile, derrière sa froideur et son apparente indifférence, comme un profond hédoniste : il connaît et apprécie la passion charnelle, cultive la fidélité dans ses amitiés et surtout, se révèle très lié à la nature. Il chérit en réalité le bonheur de la simplicité, du quotidien et du naturel, inaccessibles aux membres de la société dans laquelle il vit, ceux-ci étant dirigés par des valeurs factices, superficielles et sans fondement.

## <u>**Meursault et la nature**</u>

Quiconque a lu *L'Étranger* se souvient d'une atmosphère, d'un bruit, d'une sensation, d'un paysage. En effet, si Meursault ne sait déchiffrer les méandres des émotions humaines, il est en revanche très proche de la nature et de ses éléments, et l'on retrouve des indices de cet attachement tout au long du roman. La nature constitue donc véritablement un sous-thème du récit, chaque élément étant associé à des moments précis de l'histoire et à des sensations du protagoniste : l'eau se fait l'expression de la fraîcheur des plaisirs et de l'amour (notamment lors du bain pris avec Maria Cardona au lendemain de l'enterrement de Maman), tandis qu'au contraire le soleil est insupportable, pesant, lourd et se manifeste de manière forte lors de tous les événements saturés en émotions (les obsèques, le meurtre, le procès). Ainsi, la nature est ce qui lie Meursault au monde.

Dans la seconde partie de l'œuvre, Meursault éprouve l'idée qu'il se fait du bonheur au travers du principe de la liberté, alors même qu'il est derrière les barreaux. Mais ce n'est qu'à la fin de l'ouvrage que l'on comprend que sa vraie liberté n'était pas celle du corps, mais bien celle de l'esprit. Nul besoin d'être à l'extérieur, à l'air libre, si l'on est déjà en dehors de la société elle-même. Sans amarre, sans attache, en communion profonde avec la réalité et avec la sensibilité des choses et du monde, Meursault prend conscience en cette fin de récit de sa condition : il est heureux, car il est libre d'esprit, autant que parce qu'il a enfin conscience de sa propre fin.

Notons par ailleurs que, dans cette seconde partie, Camus évoque un thème qui deviendra récurrent dans son œuvre : la peine de mort. Pour lui, elle est un argument non valable pour la prévention du crime, car ce dernier est, le plus souvent, dicté par le hasard ou la passion, deux éléments qui sont étrangers à la peur de la mort. C'est d'ailleurs cet argument qu'il tente de mettre en avant au cours du procès de Meursault.

**LE SAVIEZ-VOUS ?**

Camus a rédigé en collaboration avec l'écrivain hongrois Arthur Koestler (1905-1983) un essai intitulé *Réflexions sur la peine capitale* afin d'argumenter en faveur de la disparition de cette pratique. Le livre est publié en 1957, soit une vingtaine d'années avant l'abolition de la peine de mort en France.

## MEURSAULT, UN ANTIHÉROS RÉVOLTÉ

Le procès de Meursault est aussi le théâtre d'une dénonciation de taille : si le procès vise au premier abord à déterminer l'innocence ou la culpabilité du personnage principal, Camus met en réalité en scène un véritable simulacre de procès visant à percer à jour l'ignominie, l'hypocrisie et finalement l'absurdité de la société moderne et de sa justice. Il le fait néanmoins sous couvert d'une comédie sociale à peine dissimulée, qui apparaît comme une touche d'air frais dans l'univers saturé de ses réflexions métaphysiques.

Dans cette caricature judiciaire, les événements les plus anecdotiques deviennent des éléments accusateurs ; les machinations et manipulations sont monnaie courante ; le juge se prend pour un messager de Dieu et l'avocat n'a d'autre but que de faire de beaux discours pour épater la galerie. Arbitraire et hypocrisie semblent donc régner en maître dans le tribunal, laissant Camus libre d'exploiter le thème de l'injustice. Meursault apparaît en effet plus comme une victime que comme un coupable, et trouve presque grâce aux yeux du lecteur, car il prône la vérité, au lieu de sauver sa peau, et c'est justement ce qui le perdra.

La vraie question qui sous-tend cette seconde partie est la suivante : si nos actes et nos objectifs s'effondrent face à la vérité, pourquoi continuer à jouer la comédie et à se complaire dans une chimère sociale ? Meursault en se défendant de se lamenter, de s'excuser ou de se repentir, refuse par là même d'adhérer au troupeau, de suivre la masse. Porté uniquement par ses convictions personnelles, Meursault est l'archétype même de l'anticonformiste, et ressemble en cela à Camus qui n'a jamais voulu – ou su – se conformer au système.

Le héros refuse donc l'ordre moral que la société veut lui imposer et qu'il considère comme absurde et insensé. Toutefois, il n'en prend pleinement conscience que lorsque sa sentence est annoncée : face à sa propre finitude, il prend la mesure de l'absurdité de la vie, et enfin se révolte et revendique son individualité, en condamnant les conventions sociétales qui tentent de mettre à mal cette vérité première.

## LA DIFFÉRENCE CULTURELLE

En Algérie, à l'époque où se déroule l'action de *L'Étranger*, deux communautés coexistent : les descendants des Européens colonisateurs, et les autochtones arabes. À plusieurs reprises, Camus souligne les différences qu'il existe entre ces deux peuples et leur culture, et les confronte.

Camus représente les Arabes comme des personnes franches et droites qui règlent leurs problèmes au moyen d'une justice qu'ils se font eux-mêmes. On ne trouve guère chez eux de mensonges, et la justice ne souffre d'aucune mise en scène ce qui, symboliquement, offre un contraste tranché avec le procès présenté dans la seconde partie de l'œuvre. Même si c'est un Arabe que tue Meursault, nous savons que cela n'est dû qu'aux circonstances et non à une quelconque volonté de commettre un acte raciste. En outre, l'absence de personnages arabes tout au long du procès peut faire penser que Camus les exclut de la dénonciation sociale qu'il est en train de mettre en place. Enfin, le fait que Meursault refuse les discours catholiques tenus par le juge et qu'il se révolte au moment de la visite de l'aumônier nous conforte dans l'idée que c'est davantage la société catholique européenne qui est visée.

En conclusion, *L'Étranger*, bien que court, se révèle être un roman extrêmement complexe traitant de multiples questions d'ordre existentiel, métaphysique et éthique. Le romancier y met en scène des thèmes résolument modernes, teintés d'angoisse, qui reflètent le malaise existentiel auquel toute une génération est en proie. L'œuvre reste malgré tout foncièrement positive grâce à la puissance du personnage de Meursault qui, par son anticonformisme et sa proximité presque lyrique au monde, redonne foi en l'être humain et permet l'espérance en un monde meilleur.

# STYLE ET ÉCRITURE

## UNE APPARENTE BANALITÉ

Par-delà les différents questionnements existentiels évoqués, le roman de Camus tire également sa force de la singularité du langage utilisé et de la simplicité de sa structure. On constate en effet une déroutante économie de moyens pour parler de sujets aussi élevés, qui sont, au final, traités par un individu lambda, dont le nom constitue la seule représentation. La structure est elle aussi minimaliste et ne fait que scinder le roman en deux grandes parties, séparées par le meurtre commis par Meursault. Enfin, le style est épuré à l'extrême.

Si cela peut paraître banal aujourd'hui, à l'époque, il s'agissait d'un coup de force. Camus refuse en effet de se conformer aux normes romanesques, et décide de les subvertir et de les réduire à leur plus pure essence pour en faire un moyen d'expression symbolique des thèmes qui lui sont chers. Pourtant, ce style concis et simple tranche avec la profondeur des thématiques traitées, et semble, au début, mettre à l'écart de l'œuvre toute dimension psychologique ou métaphysique. L'écriture est d'ailleurs marquée par le sceau de l'oralité, qui s'accorde peu au traitement de sujets existentiels : les liens de cause à effet, les incises et les subordonnées sont peu présents ; le style est monotone ; le passé composé est le temps majoritairement utilisé ; le langage est familier et fréquemment ponctué de fautes de grammaire et d'expressions locales. Or, malgré cela, l'œuvre est loin d'être aussi simple que l'on pourrait le croire !

# LA FORME COMME MIROIR DU FOND

Le style développé par Camus vise un but bien particulier : celui de rendre par l'écriture les thématiques traitées. Ainsi, si le texte peut sembler incohérent et que le narrateur se borne à juxtaposer des phrases les unes aux autres sans aucun effort de coordination ou d'articulation logique, ce n'est que pour mieux traduire la solitude de Meursault et son impossibilité à tisser des relations humaines saines. Cet élément est encore accentué, selon Sartre notamment, par l'utilisation majeure du passé composé, qui dénote davantage la solitude que le passé simple. Mettant également en lumière l'insignifiance du réel et l'incapacité de l'individu à le dire et à le penser de manière cohérente, cette construction hachurée colle parfaitement au climat absurde de l'œuvre. Les informations sont livrées au lecteur sans artifice, de manière froide, indifférente et directe. Ces données, à peine nommées et surtout non décrites, sont difficiles à supporter pour le lecteur qui les reçoit à vif.

Derrière des phrases en apparence simples se cachent donc toute l'horreur du monde et toute son indicibilité, ce que l'on pressent dès l'incipit du roman, le narrateur décrivant un drame personnel (la mort de sa mère) de la façon la plus froide qui soit. Le choix d'un langage familier et simple, fait d'apocopes (« stylo », « tram ») et d'expressions courantes (« jouer un sale tour »), renforce encore cette tension et l'impression d'incompréhension de l'individu face à l'absurdité du monde. Car il s'agit bien du point de vue d'un individu, même s'il est particulièrement neutre. En effet, bien que le roman soit écrit à la première personne du singulier, le narrateur dévoile pourtant très peu de lui-même au point qu'il donne l'impression de s'observer depuis l'extérieur. Le lecteur découvre les choses, les faits et les gens davantage au travers du regard de Meursault que de sa conscience : rien n'est analysé ni expliqué, tout n'est que nommé, y compris lui-même. C'est bien moins son ressenti que l'atmosphère ambiante qu'il dépeint, oppressante et aride, même si cette dernière semble pourtant refléter son état d'esprit.

En outre, le narrateur pratique l'économie de paroles : il parle peu, ne tombe jamais dans la surenchère, dans l'éloquence ou dans la description inutile. On peut voir dans cet effet un refus de la part du personnage principal – et de l'auteur – de se conformer aux habitudes sociétales pétries de veines paroles et de mensonges. En tant que protagoniste, Meursault n'a pas non plus le sens du dialogue, se contentant le plus souvent de répondre aux questions qui lui sont posées par des phrases vagues et brèves. La communication orale étant le premier pas vers la création d'une communauté, cette sobriété dénote dès le début du roman d'une tentative d'émancipation de la société qui se confirmera plus tard, lors du procès.

## ÉVOLUTIONS ET SUBTILITÉS

Le style évolue néanmoins de manière presque imperceptible tout au long du roman. On sent que l'écriture est de plus en plus maîtrisée par le narrateur, comme si l'évolution de celle-ci complétait la prise de conscience progressive de Meursault. Cette progression est également visible dans la structure du roman. En effet, le ton diffère d'une partie à l'autre : il y a un avant et un après le meurtre de l'Arabe. Dans la première partie, on est dans la constatation détachée, dénuée de toute forme de conscience, dans la monotonie, les temps passés et la discontinuité des informations ; après le meurtre, le ton apparemment neutre de Meursault évolue en quelque chose de plus complexe. Il se fait plus âpre, il apprend à se souvenir, se prête à l'introspection et s'affirme, en même temps qu'il commence à construire un récit continu, celui de son procès, dans un but de dénonciation et de révolte certain.

Par ailleurs, derrière sa prétendue banalité stylistique, le roman fait à certains moments preuve d'un lyrisme étonnant, qui tranche franchement avec l'écriture de Meursault. On a presque l'impression que l'écrivain se superpose en ces instants au narrateur afin d'apporter au lecteur une certaine poésie, des émotions et des sensations sur lesquelles Meursault est incapable de mettre des mots. Ainsi, la scène du meurtre est particulièrement éblouissante : entre décor brûlant, ambiance oppressante et hasards malvenus, une pure poésie se compose entre les lignes de *L'Étranger*. Ces moments d'exception, qui restent invariablement gravés dans la mémoire des lecteurs, sont par ailleurs souvent vus comme autant de préfigurations du Nouveau Roman, mouvement littéraire anti-traditionaliste qui s'épanouit dans la seconde moitié du XX$^e$ siècle et dont les principaux représentants sont Nathalie Sarraute (1900-1999) et Alain Robbe-Grillet (1922-2008).

## DE MULTIPLES INFLUENCES

Malgré son anticonformisme, le style de Camus reste pétri d'un certain classicisme. Le récit, écrit dans le respect de la règle des trois unités et faisant preuve d'un certain dépouillement, se situe clairement dans la tradition du roman classique français. Ce n'est pas anodin, car Camus est un fervent défenseur de ce style dont il ventera notamment les mérites dans *L'Avenir de la tragédie* (1955). De plus, il lui permet de refléter et de mettre en relief la rigueur et la minutie des questionnements métaphysiques qu'il aborde.

Mais au-delà de cette écriture « traditionnelle » déployée par Camus, le roman fait preuve d'une certaine modernité, puisqu'il recourt plus d'une fois à des symboles empruntés au réalisme symbolique (nous avons déjà parlé du soleil et de l'eau). En outre, beaucoup de chercheurs ont rapproché l'écriture de Camus à celle d'auteurs américains tels que John Roderigo Dos Passos (1896-1970), William

Faulkner (1897-1962) ou encore Ernest Hemingway (1899-1961) : l'incompréhension et l'absurdité du monde sont chez eux traduites et renforcées par un style concis et dépouillé ; un ton abrupt et des phrases hachées ne laissent aucune part à l'interprétation, et c'est précisément ce style qu'adopte Camus pour son roman.

On constate donc que le style de *L'Étranger*, d'apparence si simple, renforce en réalité les idées que Camus tente de transmettre dans son œuvre, et c'est ce qui fait la grande force de celle-ci : la forme complète le fond de manière remarquable.

# LA RÉCEPTION DE *L'ÉTRANGER*

## L'INFLUENCE DE CAMUS SUR LA LITTÉRATURE

Dès sa publication, *L'Étranger* marque les esprits, et notamment ceux de la jeune génération, en manque de repères et de valeurs, perdue au beau milieu du second conflit mondial. Camus apparaît en effet plus accessible que Sartre pour le grand public, aussi bien dans les idées abordées que dans la forme. Camus parvient donc à toucher avec son roman un large éventail de personnes, qui le célèbrent et le portent aux nues même si, paradoxalement, les critiques dénoncent son apparente simplicité et sa criante volonté d'engagement, allant même jusqu'à qualifier le roman de « démoralisant ». Ce qui est sûr, c'est qu'il ne laisse pas indifférent, et il suscitera de nombreux discours, tant politiques que philosophiques, littéraires ou formalistes.

Roland Barthes (1915-1980), célèbre critique et sémiologue français, fonde notamment à partir du style camusien une théorie nommée « Le Degré zéro de l'écriture », qu'il développe dans un essai du même nom, paru en 1953. D'après le chercheur, le degré zéro est une forme d'écriture neutre qui permet d'annuler une opposition de sens. Chez Camus, par exemple, l'écriture vient apporter un élément neutre permettant d'absorber les cris et les jugements contradictoires environnants et de les neutraliser. C'est, en somme, une écriture journalistique, blanche et amodale. Barthes déclare également à propos de l'œuvre de Camus – entre autres – qu'elle rend possible une réconciliation depuis longtemps oubliée entre littérature et monde, passant par-delà les limites d'une société sourde à toute réunion.

Mais, au-delà de son écriture porteuse de sens, ce roman signe également la première étape de la maturation de la pensée de l'auteur. Meursault apparaît, dès le début du récit, comme abîmé dans un monde qui a perdu toute cohérence, et toute signifiance et ce n'est qu'à la fin de l'ouvrage qu'il comprendra que la seule échappatoire provient de sa révolte. Dans *La Peste*, cinq ans plus tard, Camus présente non plus une figure en proie au doute et à la perdition, mais la vision d'un homme pleinement engagé et révolté contre la société. Il fonde ainsi un nouvel humanisme, plus lucide, qui redonne sens à des questions ayant perdu toute pertinence avec la guerre, notamment celles du sens du monde, de la passion de vivre, des limites du vivant et de la frontière entre la vie et la mort. Plus encore, « [l'œuvre] donne à l'absurde, à la révolte, à la passion de vivre, à la conscience des limites et de la mort, la forme et le sens d'une mythologie du XXᵉ siècle » (« Camus », in LAFFONT (Robert) et BOMPIANI (Valentino) (dir.), *Le nouveau dictionnaire des auteurs de tous les temps et de tous les pays*, Paris, Laffont, 1994, vol. 1, p. 546)

Le succès de ce roman tient donc à la fois à sa réflexion philosophique dérangeante et à son écriture intense renvoyant de manière forte au réel. Néanmoins, le succès était au départ tout relatif. Ce n'est que plus tard que les érudits reconnaîtront les idées et les avancées profondes de Camus. Si peu de chercheurs se sont intéressés à l'auteur de son vivant, dès sa mort de nombreux articles et essais sont publiés pour commenter son œuvre. Il faut par contre attendre près de 20 ans pour entendre parler de sa vie et pour que paraissent les premières biographies.

C'est que son influence sur la littérature ne se fait ressentir qu'à ce moment-là : les romans de Camus, et notamment *L'Étranger*, sont particulièrement reconnus pour avoir inspiré le mouvement du Nouveau Roman, qui connaît ses heures de gloire dans les années soixante. On y sent nettement la patte camusienne : peu d'intrigue, pas de portrait psychologique, un narrateur remis en question, des personnages peu présents, une extériorité insignifiante, une écriture singulière et déstructurée. Néanmoins, contrairement aux récits des néo-romanciers, *L'Étranger* se termine sur une note d'espoir, puisque Meursault est libéré de l'insignifiance du monde et trouve dans sa révolte quelque chose qui fait enfin sens.

Dans la lignée directe de Camus, on trouve également les représentants du théâtre de l'absurde (également appelé antithéâtre), qui se caractérisent par un refus total du réalisme et du traditionalisme, et dont les principaux représentants sont Arthur Adamov (1908-1970), Samuel Beckett, Eugène Ionesco (1909-1994) ou encore Jean Genet (1910-1986). Comme Camus, ces auteurs traitent de l'absurdité de la vie, mais le font dans une optique plus pessimiste, celle-ci n'étant qu'une suite d'événements menant inexorablement vers la mort. Les techniques de Camus sont ici poussées à leur paroxysme : intrigue décousue, personnages-marionnettes, incohérence des propos, déraison de l'humanité.

Si certains chercheurs ont tenté d'établir cette correspondance, précisons toutefois que l'absurde de Camus ne peut en aucun cas être rapproché du *nonsense* anglais, dont le principal représentant est Lewis Carroll (1832-1898), et qui pourrait plutôt être associé au surréalisme français. En effet, si l'absurde se caractérise par le manque de sens, le *nonsense*, au contraire, constitue un trop-plein de signification, et c'est précisément cette abondance qui donne sens au récit. On peut par contre trouver des traces diffuses de son influence dans les œuvres de Jean-Marie Gustave Le Clézio (né en 1940), écrivain héritier du Nouveau Roman et des interrogations existentialistes et absurdes.

On le voit, le roman de Camus, pourtant controversé, a donc eu de grandes répercussions sur la littérature du XX$^e$ siècle. Mais, plus encore, il se hisse, de par ses thèmes et sa forme, au rang de véritable mythe de la modernité. En effet, si l'espace-temps du récit est parfaitement identifiable, l'œuvre se pare d'une aura de mystère et d'une symbolique mystique qui tendent à l'universalité. C'est une véritable littérature existentielle que nous livre l'auteur, qui touche au plus profond nos consciences et nos sensibilités et porte le roman au nombre des récits mythiques de l'humanité.

## LES ADAPTATIONS DE *L'ÉTRANGER*

Malgré ce génie, les adaptations sont peu nombreuses – peut-être est-ce dû à la difficulté de représenter l'idéal camusien. En 1964, une lecture du roman par Camus lui-même diffusé sur les ondes de l'ORTF (Office de radiodiffusion-télévision française) donne lieu à un enregistrement sur cassette, puis sur CD-ROM. L'œuvre a également été portée à l'écran, à une seule reprise et contre la volonté de l'auteur, par Luchino Visconti (1906-1976) en 1967. Mais l'adaptation, qui se voulait fidèle et minutieuse, fut un échec, même du point de vue de son réalisateur.

Musicalement parlant, *L'Étranger* a inspiré le premier single du groupe anglais The Cure, *Killing an Arab* (1978) et un spectacle audiovisuel de Pierre de Mûelenaere (né en 1958) et VJ Orchid Bites, *Camus lit* L'Étranger *Remix* (2008-2014), mixant musique électronique et extraits de la lecture du roman par Camus. Plus récemment, il a fait l'objet d'un spectacle de danse chorégraphié par Jean-Claude Gallotta (né en 1950) en 2015.

*L'Étranger* a également été à l'origine de deux suites littéraires : *Meursault, contre-enquête* (2013) de Kamed Daoud (né en 1970), roman couronné du prix Goncourt du premier roman en 2015, qui prend le point de vue du frère de l'Arabe tué, et *La Joie* (2015) de Charles Pépin (né en 1973), qui reprend la même intrigue, mais la postpose aux années 2000. En 2012 et 2013 paraissent également deux bandes dessinées, la première chez Futuropolis, dans laquelle

José Munoz (né en 1942) illustre fidèlement le roman dans son intégralité, la seconde chez Gallimard, qui offre une relecture par Jacques Ferrandez (né en 1955).

Le roman continue de remporter un franc succès : en 2007, Folio a diffusé sa liste de best-sellers à l'occasion de son 25ᵉ anniversaire ; *L'Étranger* figurait en première position, comptabilisant cinq millions et demi de ventes. Traduit en plus de 40 langues, *L'Étranger* est désormais un classique de la littérature française et mondiale, et l'on retiendra Camus comme l'instigateur d'un nouvel humanisme et d'une nouvelle manière de penser, réveillant chez le lecteur les questionnements les plus profonds et la sensibilité la plus exacerbée.

*Votre avis nous intéresse !*

*Laissez un commentaire sur le site de votre libraire en ligne
et partagez vos coups de cœur sur les réseaux sociaux !*

# BIBLIOGRAPHIE

## SOURCES BIBLIOGRAPHIQUES


- « Absurde » et « Camus », in *Encyclopédie de la littérature*, Paris, Librairie générale française, 2003.
- « Absurde », « Camus » et « *L'Étranger* », in DEMOUGIN (Jacques) (dir.), *Dictionnaire des littératures françaises et étrangères*, Paris, Larousse, 1985.
- BAGOT (Françoise), *Albert Camus : L'Étranger*, Paris, PUF, 1993.
- BARTHES (Roland), *Le Degré zéro de l'écriture*, Paris, Seuil, 1953.
- BENOIT-DUSAUSOY (Annick) et FONTAINE (Guy), *Dictionnaire des auteurs européens*, Paris, Hachette, 1995 (article « Camus »).
- BOUTY (Michel), *Dictionnaire des œuvres et des thèmes de la littérature française*, Paris, Hachette, 1990 (article « *L'Étranger* »).
- « Camus », in BEAUMARCHAIS (Jean-Pierre, de), COUTY (Daniel) et REY (Alain) (dir.), *Dictionnaire des littératures de langue française*, Paris, Bordas, 1984.
- « Camus », in LAFFONT (Robert) et BOMPIANI (Valentino) (dir.), *Le Nouveau Dictionnaire des auteurs de tous les temps et de tous les pays*, vol. 1, Paris, Laffont, 1994.
- « Camus » et « Engagement », in *La Littérature*, Paris, Centre d'étude et de promotion de la Lecture, 1970.
- « Camus » et « *L'Étranger* », in CLARAC (Pierre) (dir.), *Dictionnaire universel des lettres*, Paris, Société d'édition de dictionnaires et d'encyclopédies, 1961.
- « Camus », in LEMAÎTRE (Henry), *Dictionnaire Bordas de littérature française*, Paris, Bordas, 1986.
- « Camus », in MOUGIN (Pascal) (dir.), *Dictionnaire de la littérature français et francophone*, Paris, Larousse, 2012.
- « Camus », in VAN TIEGHEM (Philippe), *Dictionnaire des littératures*, vol. 1, Paris, PUF, 1968.

* Camus (Albert), *L'Étranger*, Paris, Gallimard, 2008.
* Camus (Albert), *Le Mythe de Sisyphe : essai sur l'absurde*, Paris, Gallimard, 1972.
* Cartier (Raymond), *La Première Guerre mondiale*, Paris, Presses de la Cité, 1982-1984.
* Castex (Pierre-Georges), *Albert Camus et* L'Étranger, Paris, Corti, 1965.
* Forest (Philippe), *Camus. Étude de* L'Étranger, La Peste, Les Justes, La Chute, Paris, Marabout, 1992.
* Guérin (Jeanyves) (dir.), *Dictionnaire Albert Camus*, Paris, Laffont, 2009.
* Kaspi (André), *La Deuxième Guerre mondiale : chronologie commentée*, Bruxelles, Complexe, 1995.
* « *L'Étranger* », in Laffont (Robert) et Bompiani (Valentino) (dir.), *Le Nouveau Dictionnaire des œuvres de tous les temps et de tous les pays*, vol. 2, Paris, Laffont, 1994.
* « *L'Étranger* », in Beaumarchais (Jean-Pierre, de) et Couty (Daniel) (dir.), *Dictionnaire des œuvres littéraires de langue française*, vol. 2, Paris, Bordas, 1994.
* « *L'Étranger* », in Beaumarchais (Jean-Pierre, de) et Couty (Daniel) (dir.), *Grandes Œuvres de la littérature française*, Paris, Larousse, 1997.
* Lottman (Herbert R.), *Albert Camus*, Paris, Seuil, 1978.
* Michel (Henri), *La Seconde Guerre mondiale*, Paris, PUF, 1985.
* Mitterand (Henri), *Dictionnaire des grandes œuvres de la littérature française*, Paris, Le Robert, 1992.
* Morize (Mariel), L'Étranger *de Camus : l'étude de l'œuvre*, Paris, Hachette, 1996.
* Pingaud (Bernard), L'Étranger *de Camus*, Paris, Hachette, 1971.
* Queneau (Raymond) (dir.), *Histoire des littératures*, Paris, Gallimard, 1958.
* Roncayolo (Marcel), *Le monde contemporain de la Seconde Guerre mondiale à nos jours : le second XX$^e$ siècle*, Paris, Laffont, 1985.

- RUBENS (Alain), « Les femmes d'Albert Camus », in *L'Express*, 15 janvier 2010, consulté le 16 août 2015.
http://www.lexpress.fr/culture/livre/les-femmes-d-albert-camus_847025.html
- STALLONI (Yves), *Dictionnaire du roman*, Paris, Armand Colin, 2006.
- TANASSE (Virgil), *Camus*, Paris, Gallimard, 2010.
- TRUC (Olivier), « Et Camus obtint enfin le prix Nobel », in *Le Monde*, 27 décembre 2008, consulté le 16 août 2015.
http://www.lemonde.fr/culture/article/2008/12/27/et-camus-obtint-enfin-le-prix-nobel_1135690_3246.html
- VIRCONDELET (Alain), *Albert Camus. Vérités et légendes*, Paris, Éditions du Chêne – Hachette Livre, 1998.
- WADDINGTON (Madeleine), *Albert Camus*, Paris, Hachette, 1994.
- WINOCK (Michel), *La France politique. XIX$^e$-XX$^e$ siècle*, Paris, Seuil, 1999.

## SOURCES COMPLÉMENTAIRES

- DAOUD (Kamel), *Meursault, contre-enquête*, Actes Sud, 2013.
- DEL BAYLE (Louis), *L'illusion politique au XX$^e$ siècle. Des écrivains témoins de leur temps : Jules Romain, Drieu La Rochelle, Aragon, Camus, Bernanos, Malraux*, Paris, Economica, 1999.
- EISENZWEIG (Uri), *Les jeux de l'écriture dans* L'Étranger *de Camus*, Paris, Lettres modernes, 1983.
- FERRANDEZ (Jacques), *L'Étranger*, Paris, Gallimard BD, 2013.
- GAY-CROSIER (Raymond) et SPIQUEL-COURDILLE (Agnès) (dir.), *Albert Camus*, Paris, Éditions de L'Herne, 2013.
- MUNOZ (José), L'Étranger, *le roman dans son texte intégral accompagné de 50 illustrations*, Paris, Futuropolis, 2012.
- PÉPIN (Charles), *La Joie*, Paris, Allary Éditions, 2015.
- TODD (Olivier), *Albert Camus : une vie*, Paris, Gallimard, 1999.
- VAN DEN BOSCH (Paul), *Les enfants de l'absurde : essai*, Paris, La Table ronde, 1956.

## SOURCES ICONOGRAPHIQUES

- Photo d'Albert Camus prise en 1957. ©United Press International.
- Invasion de la Pologne. La photo reproduite est réputée libre de droits.
- Charles de Gaulle s'adressant à la foule. La photo reproduite est réputée libre de droits.

## ADAPTATIONS

- *L'Étranger*, film de Luchino Visconti, avec Marcello Mastroianni et Anna Karina, France, 1967.
- *Killing an Arab*, chanson de Robert Smith, Angleterre, 1978.
- *Camus lit l'Étranger Remix*, spectacle audiovisuel de Pierre de Mûelenaere et VJ Orchid Bites, Belgique, 2008.
- *L'Étranger*, ballet de Jean-Claude Gallotta, France, 2015.

Découvrez
nos autres analyses sur

www.profil-litteraire.fr

L'éditeur veille à la fiabilité des informations publiées, lesquelles ne pourraient toutefois engager sa responsabilité.

© Profil-Litteraire.fr, 2016. Tous droits réservés.
Pas de reproduction sans autorisation préalable.
Profil-Litteraire.fr est une marque déposée.
www.profil-litteraire.fr

Éditeur responsable : Lemaitre Publishing
Avenue de la Couronne 382 | B-1050 Bruxelles
info@lemaitre-editions.com

ISBN ebook : 978-2-8062-6594-4
ISBN papier : 978-2-8062-7460-1
Dépôt légal : D/2016/12603/91